De zeevlam

Vertellingen voor één nacht

Hermine de Graaf

De zeevlam

Meulenhoff Amsterdam

'De zeevlam' is afkomstig uit de bundel
De zeevlam, 1988²
Copyright © 1985 Hermine de Graaf en
J.M. Meulenhoff bv, Amsterdam
Omslagillustratie Henri Matisse, *Interieur in
Collioure*
Foto achterzijde omslag Steye Raviez
Vormgeving Zeno

ISBN 90 290 4757 7 / CIP / NUGI 300

Ik was al vaak uitgenodigd. Eens per maand viel een langwerpige envelop op mijn deurmat met een brief in een beverig handschrift vol doorhalingen en vlekken, die naar lavendel rook. De uitnodigingen vertraagden mijn komst. Precies zeven dagen na ontvangst schreef ik terug; zo had ik het geleerd. Ik dacht veel aan hen, snoof de lavendelgeur op die vroeger in mijn lakens had gezeten, in mijn kleren, zelfs hun thee smaakte ernaar. Opende je een lade of een deur van een kast, dan werd je door een vrolijk poppetje aangekeken; het lijfje van katoen stond bol van het geurige kruid. Ik deed mijn best op papier, putte me uit om mijn bezigheden te beschrijven, want daar genoten ze van; dit plezier wilde ik hun wel doen als ik maar niet hoefde te komen.

Jaar na jaar verstreek; zij werden ouder en ik begon te denken dat zij op mij wachten om dood te gaan. Ik heb de trein genomen en sta nu met mijn handbagage op het perron; het eindpunt van de spoorlijn wordt gemarkeerd door massieve, rood en wit gestreepte bielzen. Een paar honderd meter verderop is de zee. Ik bevind mij op de landtong die ik drie jaar heb gemeden. En terwijl ik er sta in de venijnige wind die je kleren, haren en alles van je af wil rukken, moet ik wel denken aan die keer, veertien jaar geleden, toen ik hier ook aankwam om bij de vader van mijn moeder te gaan wonen. Ik verwacht zelfs dat hij me elk moment tegemoet kan lopen, zwaaiend met zijn wandelstok...

...'Ketèh Katja!' Hij tilde me op zijn schouders, hield mijn enkels vast en ik zijn oren. Linkeroor linksaf, rechteroor rechts. '...Verander... de pas!' We namen afscheid van mijn vader, die tegen de opengeschoven deur in de trein leunde.

'Richting!' riep mijn grootvader en liep rechtdoor, liet auto's wachten en fietsers uitwijken. Geschrokken trok ik aan zijn rechteroorlel en we sloegen een weg in waarlangs verwaaide bomen stonden. Hij leerde me al vroeg verantwoordelijk te zijn als hij daartoe het bevel had gegeven. Ik was een dwerg op de rug van een reus.

De bomen blijken iepen en ze zijn flink scheef gegroeid. Ik volg de weg die leidt naar de dijk waarachter het zeegat ligt, neem de trap naast het Koninklijk Militair Tehuis en zet me schrap in de wind. De promenade is dezelfde gebleven en ik ben ook niet veranderd, voel me even weerloos in de wind als vroeger, al komt het nu door de stemmen die hij brengt... De wind brult en giert in mijn oren. Het is nog ver, aan de horizon varen oorlogsschepen en er drijven kotters; je kunt heel in de verte het eiland zien. Het moet noordenwind zijn. Het is halftij.

Ik volg de route die ik bij mijn aankomst uit het hoofd leerde, zodat ik nooit verdwalen kon. Na het Militair Tehuis links, eerst de promenade en dan het strand; je volgt de waterlijn, gaat bij de derde trap omhoog, dan het pad in de stuifdijk en je bent thuis. Hij had bij die trap een vlag gehesen waarop met grote letters *Joy* stond. Ik kon het niet missen. *Joy* betekende limonade in groene, dikbuikige flesjes die ik kreeg als ik bij de vlag omhoogliep naar het grote witte huis met de rieten kap.

Mijn grootvader, die ik Kurt noemde, had het huis laten bouwen naar het voorbeeld van het buiten van prinses Wilhelmina, dat ook in de duinen stond, en voor wie hij veel respect had in zijn jonge jaren. Hij had haar persoonlijk gekend. Het huis noemde hij Duinrell, en omdat hij gepensioneerd was, bracht hij veel tijd door aan zee, bestudeerde de planten- en diersoorten, wijdde zich aan zijn zeiljacht en aan mijn opvoeding.

Voor hij in de duinen ging wonen, was hij dijkgraaf geweest, en hoewel mijn grootmoeder zei goed tegen de eenzaamheid te kunnen, had ze die keer fel geprotesteerd. Ze mocht als zoenoffer haar beide ongetrouwde zusters, Meta en Agaath, in huis nemen als gezelschap.

'Ze weten me te vinden,' zei Kurt. Hij ontving veel bezoek uit alle windstreken. Ik herinner me dat het vooral marineofficieren waren in uniformen zoals je die in ouderwetse plaatjesboeken ziet. Galante heren die hun handen stijf langs de naad van hun broek hielden. Zelf droeg Kurt altijd een blauw maatkostuum en soms een hoed met een breed, beige lint. Hij had een hoofd vol zwarte haren, zijn wangen waren glad en zijn oogleden dik, zodat zijn ogen achter de huidplooien verscholen lagen; hij was op een zeedier gaan lijken. Op het land kreeg hij last van zijn maag. Als kind dacht ik dat dit kwam omdat hij lucht hapte als een vis op het droge. Pijnlijke, opgezwollen ingewanden kreeg hij ervan.

Als er een r in de maand was, zocht hij

alikruiken tussen de stenen van de dijk, zijn rieten tas puilde uit. Meta kookte ze, Agaath maakte er het sausje bij en ik wipte de beestjes er met een naald uit, slakjes waren het.

Mijn grootmoeder Marie en haar zusters Agaath en Meta ben ik later 'de tantes' gaan noemen omdat ze aan dit beeld nog het meest beantwoordden. Lieve, oude dames die zo beschermd waren opgevoed dat zij zich niet voor konden stellen dat de wereld buiten de duinen veranderd was, en die zich nog steeds als kostschoolmeisjes gedroegen. En al bedoelden ze het goed, je werd doodmoe van ze.

Op het puntje van de landtong staat de vuurtoren; de promenade ligt nu achter me. Ik loop over een geasfalteerde laag met fijngestampte schelpen en kom op het stille strand. Er zijn hier zelden mensen, minstens een keer per maand worden er militaire oefeningen gehouden; kruipende soldaten in camouflagepakken leggen de zee onder een denkbeeldig spervuur. Als er al geschoten wordt, is het met losse flodders. Het schuim van de golven is vuil en geel; op het strand liggen afgedankte teenslippers, spraybussen, lege flacons zonne-olie en plakken teer die zich aan je voetzolen zuigen en die alleen met margarine te verwijderen zijn. 'Beschavingsafval,' zou Kurt zeggen, 'aanspoelsel!'

De zeepier is bezig geweest om zijn wormhoopjes op de stroomribbels achter te laten.

Was het eerst zo helder dat je het eiland kon zien, nu volg ik verwonderd de zeevlam, de plotseling binnendrijvende mist van de zee. Ik ben er getuige van dat de warme, vochtige lucht van de duinen en het land over het koudere zeewater scheert. Ik voel de wind draaien; hij wordt oplandig. Al weet ik dat de zeevlam niets anders is dan een laagje dunne bewolking, het zijn juist de snelle weersveranderingen die mij nerveus maken. Je krijgt er een gevoel van alsof je iets verkeerds hebt gedaan, alsof alles fout is.

Vanaf de hoogste duinkam zie ik het huis met de rieten kap. Het is halftwee en de tantes gaan nu rusten; bij de thee zal ik me aandienen – zo noemen zij dat. Oude mensen slapen veel overdag en liggen 's nachts wakker om over het verleden te kunnen denken. Marie, Agaath en Meta leven alle drie bijna een eeuw: een zelfde tijd die nodig is geweest om een behoorlijke stijging van de zeespiegel te verkrijgen. Zij leven tien centimeter dichter bij het water, zonder het te beseffen.

De jaloezieën worden neergelaten, de deuren naar het terras gesloten. Vijf jaar was ik toen ik bij hen kwam wonen, en vanaf dat moment heb ik herinneringen verzameld, zoals schelpen die je bij naam kent. De tere platschelp, het nonnetje, wijde mantel, slijkgaper, het wenteltrapje, de tapijtschelp en de tepelhoren, die geen bijzondere waarde hebben maar toch iets vertegenwoordigen dat er niet meer is; een beestje dat is zoekgeraakt. Ik wandel op het pad in de stuifdijk en besluit ook te gaan rusten.

Ik spreid mijn handdoek over het zand, trek mijn T-shirt en broek uit en ga in een duinpan liggen. Hier speelde ik vroeger.

'Wat zie je!' brulde Kurt.

Ik stond op mijn tenen en staarde door de twee kijkgaten van de periscoop die uit een onderzeeër was gesloopt en naar de bovenste verdieping van het Marinemuseum was overgebracht.

'De mensen aan boord van de Prins Hendrik die uitvaart, twee onbeweeglijke wachters voor het paleis van de schout-bij-nacht en nog een heleboel meer.'

'Wat... zeg je!'

Doofheid van oude mensen is een ramp. Iedere keer werd ik schichtig van al dat geschreeuw van hem, keek om me heen en was gerustgesteld als niemand in onze buurt de scheepsschroeven, epauletten of de afbeelding van Dorus Rijkers bekeek.

Het verkalken van de trommelvliezen van Kurt en de tantes ging als het ware ongemerkt aan hen voorbij; zij begonnen gewoon harder tegen elkaar te spreken. Ik hoorde het volume jaarlijks stijgen. In theesalons, restaurants of bioscopen werd hun aanwezigheid pijnlijk overheersend; ik maakte me zo klein mogelijk en schreeuw-de mee. Door hun hardhorendheid waren ze achterdochtig geworden. 'Ze belazeren je waar je bij staat, ze spreken zacht vanwe-ge een slecht geweten, dat is duidelijk, die verdomde mompelaars!'

Opa Kurt wist alles beter, hij had de periscoop gedraaid en zei: 'Niet de Prins Hendrik maar de Tesselstroom vaart bin-nen.' En hij vertelde wat hij zag, kreeg er geen genoeg van. 'Ja, daar komt de Prins Hendrik,' riep hij tenslotte. Soms krijg je gelijk als je lang genoeg wacht. Het was vijf uur en we liepen naar beneden, het mu-seum ging sluiten. Op de kade scheerden opdringerige meeuwen boven onze hoof-den, het rook naar henneptouw en zout. Behalve de bewaking van het paleis had je de kustwacht en de waterpolitie die de oorlogshaven in de gaten hielden.

'Tijdens de vlootdagen, Katja, dan laat ik je echte onderzeeërs en mijnenvegers zien.' En hij trok, tevreden met zijn plan, de hoed dieper in zijn ogen omdat de wind aanwakkerde. Ik liep vermoeid en rillerig naast hem in mijn rode jasje, luisterde naar het regelmatige tikken van zijn stok en schrok van de jeep van de Militaire Politie die naast ons stopte. 'U gaat naar huis,' vroeg de chauffeur aan Kurt, 'stapt u maar in, we moeten toch naar Fort Erfprins.'

Kurt was een echte beroemdheid; wat wil je, bijna elke zaterdag waren wij op het havenhoofd te vinden. Een oude man die luid en gesticulerend over van alles en nog wat sprak tegen een meisje in een rood jasje.

Ik oefende in geduld, leerde wachten, luisteren; leerde vragen en antwoorden schreeuwen. Kreeg ik het koud of werd ik de eeuwige wind in mijn oren moe, dan verbeeldde ik me dat ik een slijkgaper was, die zijn lange sifo boven het wateroppervlak strekte om de anderen in de gaten te kunnen houden, maar die zelf in een zanderige slikbodem verscholen zat.

In de gang van ons huis, waar een grote koperen gong stond, kwam Marie ons tegemoet. 'En hoe was het... jullie zullen wel hongerig zijn.' Ze verwachtte gelukkig nooit antwoord, zodat ik stilletjes aan tafel kon schuiven tussen de tantes, Meta en Agaath.

Sommige van die avonden hadden echt iets gezelligs; als de open haard brandde, de wind om het huis gierde en de hagelstenen tegen de ruiten tikten. Er werd bridge gespeeld en ik keek meer in de vlammen dan in het boek dat op mijn schoot lag. Precies voordat de Friese staartklok negen keer sloeg, zei Kurt: 'Je tijd,' en ik moest naar boven.

Mijn kamer bood uitzicht op de duinen, het strand en de zee. De ramen hadden geslepen, getinte vierkante ruitjes die het duinlandschap vervormden. Daaraan heb ik nooit kunnen wennen, en als het weer het mogelijk maakte, liet ik de ramen open. Ik had een immense schelpenverzameling die uitgestald lag op een ruw weergegeven waddengebied van karton dat ik met hulp van Kurt had gemaakt. Voor ik naar de middelbare school ging, kon ik een schaal berekenen, met passer, gradenboog en een geometrische driehoek omgaan.

'Lig je erin?' vroeg hij.

Kurt bracht mij 's avonds naar bed, wachtte in de gang tot ik mijn pyjama had aangetrokken en tikte ongeduldig met zijn zegelring tegen de deur. Hij stond er niet op dat ik vroeg ging slapen, integendeel. Hij wilde naast mijn bed op een stoel zijn verhalen vertellen. Eerst tuurde hij een tijdje met zijn visseogen naar buiten. Vanaf zijn plaats zag je een smalle streep zee en soms de lichten van een voorbijvarend schip. Hij leek ontstemd over iets, zijn brede lilakleurige lippen perste hij op elkaar. Dan begon hij te vertellen; in zijn kin verscheen een kuiltje.

'Jij kent het verhaal van de zondvloed? Ik zal je zeggen waarom de zee de laatste jaren zo rustig is... maar het blijft een geheim van ons beiden.'

Vanaf dat moment dook de mosselman op. Hij droeg een rieten tas aan een stok die over zijn schouder lag; leidde een zwervend bestaan, maar was overal tegelijkertijd omdat hij de baas was over de mosselen, over alle schaaldieren en daarom over de hele wereld. De beestjes werkten dag en nacht voor hem en zorgden voor de eerste aanzet tot verlanding. Ze zogen het water met slib op, onttrokken hun voedsel eraan en poepten dan stevige proppen. Door hun uitwerpselen werd de bezinkingssnelheid van het slib waanzinnig vergroot en er ontstond land.

De mosselman zag erop toe dat zijn diertjes in twee weken tijd een hoeveelheid water door hun lichaam pompten die gelijk stond aan de totale inhoud van de Waddenzee.

'En dat,' besloot Kurt zijn verhaal, 'is nog niet alles. Geen mens weet precies waar al dat slib vandaan komt... Ze zeggen dat het in zwevende toestand door de stroming de Noordzee in wordt gedreven, dat de Maas, Rijn, Eems, Seine en Theems de leveranciers zijn; alleen de mosselman weet hoe het werkelijk zit.' Hij keek me geheimzinnig aan en gaf me een dropje. 'Voor je zoutgehalte,' zei hij en sloot de slaapkamerdeur.

De mosselman zag er voor mij als kind net zo uit als Kurt, vooral als hij alikruiken zocht. Ik weet zeker dat hij zichzelf geloofde en ik zou hem niet tegenspreken omdat ik hem aardig vond en had leren luisteren. Het was geen man die je ongehoorzaam kon zijn, we durfden het niet; Marie, Agaath, Meta en ik schikten ons naar zijn luimen en nukken.

Wilde ik zaterdagochtend met de kinderen van de havenarbeiders verstoppertje spelen, dan vergeleek Kurt eerst de tijd van mijn duikershorloge, waarin zelfs een kompas zat, met die van de staartklok in de hal. Hij zei precies wanneer ik terug moest zijn. 'Anders zou de mosselman voorgoed verdwijnen en als de mosselman verdwijnt, neemt hij zijn weekdieren mee en dan wordt er nooit meer land gemaakt...'

Ik twijfelde geen moment aan zijn woorden; voelde de dreiging ervan omdat ik begreep dat als het water en de wind samen de baas werden, iedereen zou verdrinken...

'Is de mosselman onaantastbaar?!' vroeg ik hem op een avond. Hij keek me peinzend aan en schudde langzaam zijn hoofd. 'Als de maan, aarde en zon in één lijn staan en het is springeb zodat platen, geulen en prielen droog komen te liggen, dan is er een lief stemmetje hoorbaar, dat helder wordt als het water zijn laagste stand bereikt. Het is moeilijk na te gaan wie er zo mooi zingt, want er zijn slechts tonnen en bakens. Zeelieden zeggen dat het de wind is die door een opening van een baken blaast... Was dat maar waar! Want als je goed kijkt, en dat doen zeelieden niet als zij op thuisreis zijn, ze zijn er te moe voor, dan zie je een jong meisje zitten in een jasje van hetzelfde rood als het baken, een meisje dat een zilveren kam door haar golvende haren haalt terwijl zij zingt... Blijft de mosselman nu te lang naar haar kijken en luisteren, dan blijkt het meisje zo klein niet... en het gevaar is groot dat de mosselman zijn mosselen vergeet...'

'Is er dan niets tegen dat meisje te doen om de mosselman te beschermen?' heb ik toen gevraagd.

'Het is een topgeheim, maar je hebt natuurlijk net als iedereen die radarschermen wel aan de kade zien staan. Dag en nacht registreren zij wat er op zee en aan de kust gebeurt, en vooral bij volle maan letten zij op de bakens om de mosselman te waarschuwen als het meisje er is. Ook ik ga er weleens navraag doen en krijg dan een stuk papier waarop in cijfertjes staat wat iedereen zo'n dag heeft uitgevoerd.'

Vond ik eerst het uur voor het slapengaan het spannendste van de dag, naarmate ik ouder werd veranderde dit. Hij werd strenger. Zijn ontstemde, haast kwade uitdrukking verdween zelfs niet als hij zijn verhalen vertelde. Het begon steeds meer op de lessen te lijken zoals ik die op school ook kreeg. Soms moest ik herhalen wat hij me de vorige dag had geleerd. Het moeilijke was dat hij intelligente vragen van mij verwachtte. Wanneer ik zijn zegelring ongedurig op mijn slaapkamerdeur hoorde tikken, begonnen mijn hersens al te werken. En als hij vervaarlijk naast me zat te snuiven en te wachten, kreeg ik medelijden met ons allebei.

'Waar zit je verstand!' brulde hij.

Ik wist dat zelfs de tantes hem konden

horen, erdoor rechtop vlogen in hun stoelen. Hij had mijn polsen beetgepakt. 'Huisarrest of vraag!' Zijn gezicht was rood geworden. Het werd zo stil dat ik de zeemeeuwen voorbij hoorde vliegen, het geluid van het mechaniek van de vleugels schuurde in mijn hoofd; hun gekrijs dreunde tegen mijn trommelvliezen. 'Goed,' zei hij, 'huisarrest!'

Hij verliet mijn kamer terwijl ik uit mijn bed klom om voor het open raam te gaan staan. De zee leek van strak gespannen zilverpapier waar de vissersschepen traag doorheen scheurden. De zon was bezig onder te gaan en de sikkel van de maan scherpte zich aan de wolken. Zulke avonden waren schitterend omdat het zo lang warm bleef, de lucht had van die tere pasteltinten die je alleen aan zee kunt zien.

Beneden stonden de tuindeuren open.

Ze zaten in de serre zodat ik hun stemmen hoorde.

'Een kind nog,' meende Agaath.

De krant ritselde en een pijp werd wild uitgeklopt. 'Als ik het niet doe!' brulde Kurt.

'Ridicuul,' piepte de stem van Agaath, die in die tijd aan struma begon te lijden.

'Misschien is het beter dat ze naar de Van Limburg Stirum gaat, naar meisjes van haar leeftijd.'

Er werd nijdig geblazen en tussen de stiltes in met de kopjes gerammeld.

Ik bleef na die avond piekeren, op school en als ik naar huis fietste ook, totdat ik op de gedachte kwam om me te gaan voorbereiden op de avond in de bibliotheek. Ik begon ons vraag- en antwoordspel als een extra vak te beschouwen, waarin ik net zo goed als mijn leermeester hoopte te worden om hem vervolgens te overtreffen.

Achteraf bezien had het, geloof ik, ook iets met de Van Limburg Stirumschool te maken, die ergens op de Veluwe lag in de buurt waar mijn vader woonde. Mijn vader was ambtenaar en werd door Kurt 'de klerk' genoemd; als hij ons bezocht, deed Kurt even charmant als tegen de vrienden uit alle windstreken. Mijn vader was een saaie man die bruine schoenen en een bruin pak droeg. Er kwamen alleen dorre woorden uit zijn mond. Dat was zo erg nog niet als hij maar niet zulke verschrikkelijk witte benen had gehad, die in de eerste dagen wanneer hij pootjebaadde in een korte broek, zijn colbertje hield hij aan, zo verbrandden dat hij de rest van zijn verblijf koortsig in bed doorbracht. Als zijn wonden genezen waren, werd het tijd om te vertrekken en dan werd ik eindelijk van die zure rolmops verlost. Meta bette zijn benen volgens een oud huisrecept elke ochtend met wijnazijn.

'Je weet het dus zeker,' zei Kurt terwijl hij opgewonden en triomfantelijk zijn duimen achter zijn vest bij de mouwen stak. 'Morgen is het te laat, je vader gaat weg. Nou?'

Ik zei niets en keek naar de grond.

Hij wendde zich tot mijn vader. 'Ze wil liever bij ons blijven, je hebt 't gehoord. En wat die Van Limburg Stirumschool betreft, ik ben geen voorstander van meisjesscholen, te veel vrouwen op een hoop!'

Toch hield Kurt er niet van als er jongens van school kwamen; de een had een weinig belovende stem en een ander handen als vochtige kazen. Liepen wij samen langs de kust en werd ik door een paar adelborsten nieuwsgierig bekeken, dan was hij ervan overtuigd dat ik aanleiding had gegeven of ze al eerder had ontmoet. Maar mijn ijverige uren op de bibliotheek maakten alles goed; 's avonds zat hij enthousiast met mij over de Franse geleerde Jacques Cousteau te praten, die met zijn medewerkers het leven in zee bestudeerde. Hij was dan niet ontstemd of kwaad meer.

Vrijdagavond haalde ik de proefwerken die ik afgelopen week had teruggekregen te voorschijn. Hij bekeek ze aandachtig, noteerde de cijfers en maakte berekeningen. In de verte klonk muziek, de wind kwam uit het zuiden en je hoorde het lawaai van de discotheek van Ship on the Beach. Hij stak de pen in de rug van zijn notitieboekje, hoorde natuurlijk niets en zei: 'Nou?'

'*The old man and the sea* van Hemingway kan ik voor mijn Engelse literatuurlijst lezen.'

Ik had een mooie verzameling boeken

gekregen, hij las ze eerst, schreef er de datum en mijn naam in. Romannetjes, noemde hij ze.

Vanaf het moment dat ik menstrueerde, durfde hij me niet meer te kussen. Marie had ook een opschrijfboekje waarin ze met haar mooiste kostschoolmeisjeshandschrift mijn maandstonden noteerde. Het gebeurde niet openlijk, maar iedereen in huis wist dat ze het deed.

Als de huisdokter kwam voor Agaath, informeerde hij achtereenvolgens naar de gezondheid van Marie en Meta en liep door naar de studeerkamer, waar ik wachtte. Hij glimlachte verontschuldigend en ging in de andere fauteuil naast het rooktafeltje zitten. Hij was geen dokter voor meisjes, en al had ik vragen, ik stelde ze niet om hem niet in verlegenheid te brengen. Woorden lieten me in de steek, want hoe noemde je de zone tussen navel en knieën, en zou hij mijn maritieme aanduidingen begrijpen? Hij was een oude man, misschien wel ouder dan Kurt, en hij beklopte me, keek in mijn mond en oren.

Kurt liep wacht voor de deur, ijsbeerde drie stappen links, drie stappen rechts. Zijn studeerkamer noemde hij het hol van de leeuw omdat er een opgezette tijger stond die hij zelf in Indië had geschoten. Over de armen van sommige fauteuils waren gelooide slangevellen gelegd tegen het slijten en aan de muren hingen sabels en krissen. Hij las me er 's winters de *Max Havelaar* voor. In zijn boekenkast stonden *Mein Kampf* en *Das Kapital* naast elkaar. Hij was geïnteresseerd in de wetten van Mendel, in Darwin, in de schedelmetingen van Cesare Lombroso, maar vooral in de halfland-halfwaterwereld waarin wij samen leefden.

Mijn jeugd bestond uit zeiltochten met de Argo, boeken, de oplettendheid van Kurt en de zorgzame aandacht van drie tantes in een kast van een huis midden in de vrije natuur. Dag en nacht het ruisen van de zee. Alle routes waren voor mij uitgezet, en ik begon te geloven dat ik een wandelend model was in kreukvrije kleren en met schoenen waar echte geldstukjes in de gleufjes op de wreef zaten. Onwaarachtig en onbereikbaar, maar dat er ook nog iemand was die verdrietig door het raam naar de zee keek, een meisje dat op niemand leek... En juist doordat alles volgens vaste patronen en zo consequent verliep, begon ik me steeds meer los te maken van die modelscholiere in de no-iron stoffen.

Michael, wiens stem volgens Kurt zo weinig belovend klonk, had ook iets met de verandering te maken. Hij was hees, had

al jaren de baard in de keel en was ver-
duiveld aardig. Erg leuk zag hij er niet uit
met zijn sproeten en oranje haar. Hij zat
bij de zeeverkenners en had een eigen boot-
je.

'Loop jij altijd zo?' vroeg hij op een dag
terwijl hij me inhaalde in de gang op
school.

'Hoe bedoel je?'

'Als een dekmatroos!'

Daar wist ik niet veel op te zeggen. Ik
lachte maar wat en omdat hij geen aanstal-
ten maakte om weg te lopen, liepen wij samen naar de fietsenstalling.

'Bij de meeste meisjes,' verklaarde hij,
'loop je langs het huis om te zien of ze er
zijn, maar bij jou moet je ervoor langs varen.'

Mijn hersens schoten meteen vol gedachten en vragen. Ik ging op de bagage-

drager van mijn fiets zitten en keek hem aan.

'Soms zie ik licht in je kamer branden terwijl ik langs de kustlijn vaar,' verduidelijkte hij. En hij vertelde dat er zeehonden zwommen bij het stille strand, dat hij het zelf had gezien in het schijnsel van het vuurtorenlicht.

Toen Ernst met de kaashanden zich bij ons voegde, werd Michael zakelijk. '...die knopen waren zo gek nog niet in de touwen van de loglijn.'

Ze waren vrienden, ze zaten vanaf de lagere school naast elkaar en zouden datzelfde jaar eindexamen doen. Grote jongens!

'Heb je het haar gevraagd?' wilde Ernst weten.

Ze wilden de nieuwste uitgave van de getijtafels hebben, die Kurt ieder jaar bestelde. Kurt liet zelfs Duitse kaarten komen, die volgens hem beter en gedetailleerder waren.

'En weet jij hoe dat zit met het reductie-vlak van de zeekaarten, hoe je die moet corrigeren met de getijtafels?'

Ik knikte, maar het zou te veel tijd kosten om het uit te leggen en mijn duikershorloge knelde om mijn pols. Ik had Meta beloofd te zullen helpen in de keuken omdat er in het weekend gasten werden verwacht. Ik stond op de trappers van mijn fiets en maakte vaart. 'Beloofd,' riep ik nog tegen de wind in, die mij naar huis blies.

Op het terras voor de serre zaten de tantes in de luwte thee te drinken en te overleggen. 'Vind je ook niet Katja?' Ik kon echt niet weten wat zij besproken hadden, maar net als Kurt dachten zij dat ik de hele dag in hun nabijheid was en hetzelfde meemaakte als zij.

Ik was met mijn gedachten bij de trap achter ons huis, die een paar jaar geleden op advies van de brandweer was aangebracht en die nooit eerder zo sterk aanwezig was geweest. In de achterkamer kon je de wind door de spijlen horen zingen.

Het zeewaardig jacht van Kurt, de Argo, lag in dezelfde haven als de boot van Michael, en ik kreeg plezier in het bevoorraden van het jacht voor de weekenden als zijn gasten kwamen. Kurt zorgde voor de technische verbeteringen en ik bevoorraadde het keukentje met whisky, jenever en zalm in blik, gooide de lege flessen weg en controleerde de kistjes La Flor de la Isabela, het sigaremerk dat zolang ik me herinneren kan door Kurt en zijn vrienden werd gerookt. Het waren handgemaakte sigaren van de Filippijnen, die met rituele gebaren opgestoken werden zodra zij de zee opvoeren. Kurt was er nogal trots op, en overal in de garage en in de bijkeuken trof je de kistjes aan, gevuld met spijkers, punaises en schroefjes.

'Neem een schaartje mee!' riep Kurt terwijl hij zich in de trapopening van de kajuit boog. Ik ging bij hem op de voorplecht zitten en beiden keken we naar de vuile branding in de verte. Rondom de boot dreven opgezwollen uien, citroenen en sinaasappels. Een meeuw vloog op met een spartelend zilveren visje in zijn bek, gevolgd door hebzuchtige, krijsende soortgenoten.

'Jij ook koffie?' vroeg hij en drukte op het kraantje van de thermoskan.

Michael was uitgevaren en had het meisje met wit babyhaar aan wal gelaten. Ze stond te zwaaien terwijl de wind haar haren en jurk landinwaarts blies. Toen zij even later langs onze boot liep, groette zij op een

manier die ik thuis ook had geleerd. 'Goe-
demiddag meneer Lookeren-Campagne,
dag Katja.' Ze bleef er even bij staan om te
knikken.

'Beschaafde verschijning! Een meisje van
school?' Kurt blies goedgehumeurd grote
rookwolken. 'Mag je uitnodigen!'

Ik heb haar niet gevraagd, maar nog geen
week erna, het was woensdagmiddag, hoorde ik haar stem bij ons beneden in de gang;
het viel me weer op dat zij goede manieren
had. Ik stond besluiteloos boven aan de
trap te luisteren.

Zij zat tussen Agaath en Meta in alsof het
haar familie was; de benen keurig bij elkaar,
de rok over de knieën geschoven. En ik wist
zeker dat de tantes haar waarde zouden uit-
drukken in het zinnetje: 'Zij heeft conversa-
tie.' Na een halfuur vroeg zij me haar het
duingebied te laten zien. Buiten, uit het

zicht, rende ze duin op en duin af of ze krij-
gertje speelde.

'Heb jij dat nooit?' vroeg ze.

'Wat!' zei ik nogal vijandig.

'Dat je godver-de-godver wilt schreeuwen!'

Ze kwam naast me lopen, stak haar arm
door de mijne en gaf me een brief. 'Van m'n
broer,' zei ze.

Dora had dezelfde kleur ogen als Michael, alleen haar sproeten hadden minder
pigment. Ik vond haar aanvankelijk wel
aardig omdat ze kon vloeken als een boots-
man.

'Ik heb me al zo vaak afgevraagd hoe jullie huis er vanbinnen uit zou zien,' zei ze.
'Mijn ouders zeggen dat er bij je tantes
blauw bloed door hun aderen... ik merkte
er niks van.'

Michael en Dora hadden altijd onzinnige

verklaringen als je op uitleg van hun daden aandrong. Zij leek haar rol als tussenpersoon, als postbode, niet vernederend te vinden.

'Denk je erover na?' vroeg ze nadat ze de tantes gedag had gezegd en bedankt had voor de 'heerlijke middag'. Ik was uit mijn humeur, opgewonden en in mijn wiek geschoten toen ik in een rotan stoel ging zitten lezen. Ik was nog niet erg bedreven in het omgaan met jonge mensen.

Het zingen van de wenteltrap achter het huis begon mijn aandacht op te eisen, en omdat er na elf uur nog nooit iemand in mijn slaapkamer was geweest, voerde ik in m'n eentje een brandoefening uit. Voor ik alles goed had overwogen, was ik er tussenuit geknepen en rende langs de duinvoet het duistere strand op. Het geluid van de branding en het volgen van de waterlijn gaven mij een gevoel van onkwetsbaarheid. Ship on the Beach, dat boven op mijn kamer zo ver weg had geleken, was op zomeravonden makkelijk bereikbaar. Alleen het licht van de vuurtoren, dat voortdurend over mij heen schichtte, maakte mij ongerust.

Ik was opgelucht als ik onder de snoeren met kleurige lampjes op het voordek van de dancing stond. Dat Michael, Dora en Ernst nooit grapjes over me maakten of geheimzinnig tegen me deden, maakte dat ik mijn vlucht van thuis vergat. Ik danste als een razende op de discomuziek. Ik tolde alleen over de dansvloer.

'Hoe heet die gindse plaat?' vroeg Michael zodra hij mij in de gaten kreeg. Hij had het altijd over de Wadden.

'De Kluut,' zei ik.

Hij gaf me een glas bier, ze omarmden me, en Dora trok de schuifjes uit mijn haar zodat het los kwam te hangen.

'Op sommige van die platen,' ging ik onverstoorbaar verder, 'zitten wachters en zij hebben niet graag dat je er rondloopt, het zou het ritme van de vogels kunnen verstoren.'

Ik vertelde alles wat ik wist over het stranden van schepen vanaf 1870, over de smokkelroutes naar Engeland en Duitsland, en forceerde daarbij mijn stem. De muziek was keihard. Toen Ernst voorstelde om op het strand te gaan zitten, je kon elkaar dan beter verstaan, dacht ik dat mijn uitleg hem verveelde, en ik werd stil. We lagen als pieren in een kuil waarvan de wanden met schelpenmozaïek waren bedekt door de Duitsers: Heinz, Helmut... Essen. Of het nu kwam omdat ik vond dat deze kuil niet van ons was, dat we hem niet mochten beschadigen, weet ik niet; ik lag roerloos naar de sterrenhemel te kijken en probeerde vooral de lichamen van Michael, Dora en Ernst niet aan te raken, geen onverhoedse bewegingen te maken, in de hoop dat zij dat ook niet zouden doen. Maar zij trokken zich nergens iets van aan, ze duwden, kronkelden en lieten zand bij elkaar in de halsopening lopen. Ernst haalde blikjes bier uit de dancing en ik rookte er mijn eerste sigaret.

'We zijn een keer vanuit Nes naar de Engelsmanplaat gelopen, het was een goeie zes kilometer,' zei Michael ernstig.

'Ik voel niets vóór halsbrekende toeren of een nat pak,' zeurde Ernst, 'en wat het zoeken naar kostbaarheden aangaat, dat hebben honderden vóór ons gedaan. Niets gevonden of ze zijn verzopen.'

'Trip jij maar verder op die plastic oorlogsschepen van je. Hij zit maar aan het potje lijm te snuiven. Slapmans!'

Dora dook boven op Ernst om aan zijn vingers te ruiken.

'Denk toch na,' piepte Ernst, 'door de wind en de getijden kunnen zelfs gezonken schepen geheel onder het zand geraken, vraag het aan Katja!'

Ik werd over alles geraadpleegd wat betrekking had op de zee, over de geulen, prielen en platen. Spuide mijn kennis over de getijden, de bakens en tonnen. Ik kon beter dan welke zeeverkenner omgaan met de sextant.

Liep ik 's nachts terug langs de vloedlijn, dan voelde ik me terneergeslagen, helemaal niet krachtig meer. Ik rende wel de zee in om me af te spoelen, om de gedachten tot rust te brengen die door mijn hoofd tolden, maar het hielp niet. Het liefst wilde ik verdwijnen om geen weet meer te hebben van bakens en geulen, van dat hele verdomde overgangsgebied tussen land en water.

De volgende ochtend vloeide het laatste restje energie dan ook nog uit mij weg; het was of ik een knik in mijn rug had gekregen. Zat ik aan mijn huiswerk, en werd ik geroepen, beneden aan de trap, dan sprong ik geschrokken op. Deed elk klusje dat zij maar wilden, geen werk was te saai, en ik lette vooral op hun gezichten en hun stem, speurde naar tekens van ontdekking. Als ze me niet meer nodig hadden, raakte ik uit mijn doen. Schuldgevoelens. 's Avonds kneep ik er toch weer tussenuit. Niets hielp.

Het had met de aantrekkingskracht van de zee te maken en met de plannen die er werden gemaakt. Ik kon uren naar de fosforescerende deeltjes op de golven kijken, naar de navigatielichtjes van de boten, ik kon de wind in mijn oren laten blazen terwijl ik zachtjes voor mij uit zong...

Onze plannen waren eenvoudig; we waren bezig een waddentocht voor te bereiden. En zoals Michael gefascineerd was geraakt door de schatten die onder de regelmatige horizontale bewegingen van het water lagen, was ik opgewonden over de wedloop die wij zouden aangaan met het tij. Ik wilde het van de zee winnen door een van haar zwakke momenten af te wachten. Hun fantasieën over kisten vol dukaten van gestrande schepen waren tijdverdrijf en verdoezelden het vage en trieste besef dat het einde van de zomer naderde. De jongens zouden gaan studeren en Dora en mij achterlaten op de landtong tussen de oude mensen.

'De zee stinkt!' brulde Kurt; hij bleef dreigend voor me staan. De walvis van mijn kinderjaren. 'En jij stinkt! Je moet een zonnehoed opzetten!'

Ik knikte en schonk thee, pakte met het zilveren tangetje de suikerklontjes, deed in de kopjes een wolkje melk en presenteerde een petit-four, die zij voorzichtig op een schoteltje legden.

'Zwemmen in die drekgeul is moord, weet je niet dat honderden meeuwen dood aanspoelen. Je kunt wel tetanus krijgen!'

Hij liep met grote passen tussen de fauteuils en tafeltjes, terwijl ik naar hem opkeek. 'Vinden jullie niet, ze wordt bruin of ze buitenwerk verricht.'

Marie nam een slok thee, het lepeltje bibberde op het schoteltje, ze sprak hem nooit tegen. Ze vertelde over de strandvierdaagse, die ik samen met Dora en andere meisjes uit mijn klas zou gaan lopen.

'En al die schelpdieren met potdichte huisjes liggen te rotten op het strand.' Hij was ergens kwaad over, verontwaardigd vooral, stond voor de Friese staartklok te gebaren; ik keek naar Atlas boven op de kap, die de wereld droeg, en naar het lachende gezicht van de maan achter het ruitje.

'Zoveel leed en geen politieke partij die er iets aan doet. Nee, in Nederland niet,' beeindigde Kurt zijn betoog en ging zitten om zijn thee op te drinken. Hij snoof nog na en zag er opgezwollen uit. Hij moest wel erg veel lucht naar binnen hebben gekregen.

De hele dag was er vanaf de duinen geschoten, hadden militairen in camouflagepakken met rode vlaggen lopen zwaaien; hun gevechtswagens hadden brede rupsbandsporen op het strand achtergelaten.

De ruiten van ons huis rinkelden bij elk mortierschot. Marie, Agaath en Meta hadden er geen moment hun werk voor onderbroken, zelfs Kurt zat buiten rustig zijn tijdschriften te lezen en vroeg iets vaker dan normaal: 'Zei je wat, Katja?' En toen de schietoefeningen bijna onverdraaglijk waren, had hij gemompeld van: 'Rustig dames, het hoeft niet stuk.'

Die avond voerde ik de handelingen uit zoals ze vermeld stonden in het draaiboek van mijn opvoeding. Ik kuste de tantes, wenste ze een goede nacht, want de klok had negen keer geslagen, Kurt had opgekeken van zijn krant en: 'Je tijd' gezegd. Zijn zegelring zou iets later ongedurig op mijn deur tikken; ons vraag- en antwoordspel was nog nooit zo boeiend geweest als de afgelopen maand.

Wat maakt het uit: strand- of wadlopen,

beide zijn sportief en...! Ik probeerde in slaap te komen, wilde uitgerust zijn, maar het piekeren begon. Had ik de getijden wel juist berekend? Ja, er was niets op af te dingen. Maar de windrichting en de windsnelheid konden toch alles bederven? De zeekaarten die ik zonder Kurts medeweten had geleend, waren die betrouwbaar? De tonnen, bakens, vuurtorens, grote vaargeulen stonden erop, maar hoe zat het met de kleinere geulen... en waren juist die niet van belang?

Ik was voor het open raam gaan zitten om naar het water te kijken dat het licht van de vuurtoren terugkaatste, naar de golven die vanuit het Marsdiep kwamen aanrollen. Ze bewegen zich langs de Noordzeekant, storten zich gretig in de minder diepe Waddenzee, vanwaar de vloedstroom zich in smaller wordende geulenstelsels moet dringen tot in de prielen die heel het wad doorkruisen. Vanuit de lucht lijken zij op reusachtig vertakte bomen. Kurt en ik hadden dat samen gezien toen wij in een vliegtuig zaten op een van de vlootschouwdagen van de marine.

's Ochtends vertrok ik. Het was nog donker. Marie had een lunchpakket voor de eerste dag van de strandvierdaagse op de keukentafel gelegd en een thermosfles thee gemaakt. Ze waren altijd bang dat ik zonder iets warms naar buiten zou gaan. Ik stond op het hoogste duin, keek er heerszuchtig rond en daalde de houten trap af naar het strand, waar de vlag rafelig in de wind klapperde. In de zwakke lichtbundel van de vuurtoren zag je de waterdeeltjes in de lucht, en ik probeerde de stilte om me heen aan stukken te zingen.

Op de dijk rook het naar broodspons. Er

was natuurlijk geen mens te zien, en geen boot op de zee die bedekt leek met een immens stuk zwartglanzend landbouwplastic. In lange kettingen hadden zich weekdiertjes verzameld, in verschillende lagen over elkaar heen. Van Kurt had ik geleerd dat de bovenste laag diertjes van het manlijk geslacht waren, die in vrouwtjes zouden veranderen zodra er nieuwe bijkwamen. Hoe de paring bij mensen ging, had hij me toen niet willen vertellen.

Tweeëneenhalf uur voor de laagste waterstand bereikte ik Michaels boot die nietig afstak tegen het schip van mijn grootvader, dat overdag altijd veel bekijks had bij de dagjesmensen die de haven bezochten. Ik gooide de trossen los en sprong op de voorplecht, waar Ernst me opving. 'Zo stuk, ben je daar eindelijk,' zei hij. En dat vond ik niet prettig, hij rook naar ongewassen kleren. 'Zo lijmsnuiver,' zei ik.

Michael startte de motor en koerste naar de schorren ten zuiden van het eiland. De maan, de aarde en de zon moeten toen op één lijn gestaan hebben; het water stond nog te hoog, maar het zou springeb worden. De radarschermen van de kustwacht en de marine meende ik te horen zoemen, wat aanstellerij van me was. Het water werd groen en onrustig, het leek of zeeleeuwen met hun grijze manen ons kwamen verslinden. Michael liet de klappen van de golven opvangen door de steven, Dora zat onder een paardedeken te dommelen en ik keek naar de schuimrand van de branding. De motor zwoegde; het zou de dag worden waarop ik volledig van mijn vertrouwde omgeving loskwam om er nooit meer mijn weg in terug te vinden, maar dat wist ik toen nog niet.

Ik had de zeekaart van Kurt in een plastic hoes geschoven en controleerde met mijn vinger de vaarroute. Mijn kompas, een echt vloeistofvizierkompas waarvan de naald tijdens het varen of lopen rustig blijft liggen, hing aan een rood koord om mijn hals. Ernst keek door mijn nachtkijker naar het wazige silhouet van het eiland. Ik voelde me licht in mijn hoofd.

Michael duwde tegen me aan. 'Jij ook?' Ik knikte en nam een lik vaseline uit het doosje. Dora weigerde het spul, ik smeerde er mijn blote benen tot aan mijn dijen mee in om de ergste kou te weren.

'Door,' zei Ernst, 'neem een voorbeeld aan je vriendin, die zo glad is als een aal.' Hij smeerde haar benen in, ze lachten en ik wendde mijn hoofd af, toen hij met zijn handen onder haar rok geschoven vroeg: 'Zou het water zo hoog komen?'

'Pas maar op dat jouw oester niet nat gaat worden, Katja,' fluisterde hij, zodat Michael het niet kon horen.

'Let jij nou maar op dat zeepiertje van jou, beste jongen, dan...'

Aan de oppervlakte was mijn stemming in ieder geval uitbundig, ik moest denken aan de opwindingscyclus-in-acht fasen die een zekere Van Walen bedacht had. De seksualiteit heeft een zelfde ritme als de getijden.

Bij het eiland meerde Michael de boot in een inham die door de vogelwacht gebruikt werd. We betraden een zandplaat waarvan je niet weet of die bij de zee of bij het land hoort. In dit tussengebied waren onze schelle stemmen het enige houvast. We spraken steeds minder en ik liep besluiteloos voorop. Al had ik de route met een viltstift uitgezet, de zwarte lijnen op de kaart brachten me in verwarring. De plaat waar we naar toe wilden waden, bestond misschien niet eens echt. Ik hoopte dat Kurt me alles degelijk geleerd had en dat we niet zomaar op drift zouden raken in een landschap dat geen enkel richtpunt vertoonde. Het was nog schemerdonker.

Michael, die vlak achter me liep, praatte tegen me over reïncarnatie, en dat alle vrijzwevende zielen na de Tweede Wereldoorlog naar de aarde terug wilden omdat het zo'n interessante tijd was... Ik luisterde niet echt, keek naar de zeekraal die in een brede strook langs de schorren groeide, naar de zeealsem, het roodzwenkgras en het strandduizendguldenkruid. Allemaal zoutminnende soorten, en van Kurt geleerd.

Ik verliet de verlandingsgordel en zakte in het slib weg. Ik raadpleegde het kompas. We moesten exact een gebied belopen waar twee vloedstromen elkaar raakten, want daar vond de meeste afzetting plaats. Het was een aaneenschakeling van hogergelegen banken en je was er volgens Kurt redelijk veilig. 'Je zit er op de schouders van een aardreus.'

'Links aanhouden,' riep ik, 'we zitten goed, de bodem wordt stevig!' Het zuigende kleffe geluid van mijn voetzolen in het slib had me zwijgzaam gemaakt; door de vaste ondergrond kreeg ik het warm van opluchting. 'We lopen over zand,' juichte ik. Ik kreeg weer praatjes.

Ik had ze door het geulen- en prielenstelsel gelaveerd.

Het water begon met geweld weg te stromen, terug te keren naar de Noordzee en de Atlantische Oceaan. Het werd lichter en Michael onderbrak zijn esoterische overpeinzingen toen ik hem op een koppel nieuwsgierige zeehonden wees, die als preutse, besnorde tantes hun kopjes boven het water staken.

Vanaf dat moment voelde ik de aanwezigheid van de mosselman, maar niet door het knerpen van de schelpen die we stuktrapten of door de mosselbanken die we passeerden: de mosselman manifesteerde zich in de opkomende wind die langs mijn wangen en in mijn oren blies en in het geluid dat het water maakte. Ik hoorde het zuigen van de weekdiertjes, zoals ik me dat als kind had voorgesteld; het zuigen van water en slib dat als compacte proppen weer afgescheiden werd. Het pompte en pompte en ze lieten liters water door hun lichaam stromen.

Het water om me heen was troebel aan het worden en dat betekende volgens Kurt een zwevende toestand van het slib... Voor ik kon waarschuwen, verdween Ernst onder water; zijn haar, dat zichtbaar bleef, leek op een uitwaaierend zeeappeltje. De anderen trokken hem op de kant, terwijl ik dromerig toekeek. Ze waren behoorlijk geschrokken.

'Alsof ik in een ravijn donderde... wel twee meter... had je niks kunnen zeggen. Je gidst ons de dood in, trut.'

'Hé Katja! Slaap je?' Dora gaf me een stomp tegen mijn schouder.

'Stond niet op de kaart,' verontschuldigde ik me. Onoprechte mensen gebruiken altijd te veel woorden. 'Het komt door de structuur van het slib in het stromend water,' legde ik uit, 'het slijpt de wanden uit, de contouren worden variabel en grillig.' Net of ik er meer van wist.

Ernst was drijfnat en rilde. 'Kreng,' snauwde hij.

In het vale ochtendlicht werden verschillende zandplaten zichtbaar, ook de plaat die ons van belang leek omdat die meestal net niet onder water kwam te staan. In de haven zeiden ze dat smokkelaars er hun contrabande op gooiden als ze in het nauw gedreven werden. Ik kon nu zien dat de vaarroutes door bakens en tonnen werden aangegeven, er kon weinig meer misgaan. Ik zong 'Money, money money', om Michael op stang te jagen, die meende dat we er horloges, pakken sigaretten en mogelijk hasjiesj zouden vinden, verpakt in zeildoek. Toen we er aangekomen waren, zocht Michael met de verrekijker de horizon af en Ernst plantte een stok op het hoogste gedeelte van de plaat, waarna hij zijn kleren uittrok. Dora hielp hem erbij, ze wrong zijn blouse uit en kneep in zijn wollen sokken.

'Katja! Net of ik een mast zag!' zei Michael en hij gaf me de verrekijker.

De kleren van Ernst wapperden aan de stok. Samen lagen ze in het zand er vlakbij in de bleke ochtendzon, die al warmte gaf. Dora had haar rok uitgedaan en dat beviel me niet. Michael stroopte zijn trui over zijn hoofd maar ik zag niet in waarom ik hetzelfde zou doen.

'Niemand ziet je,' zeiden ze. Ik was er niet zeker van. Ze trokken aan mijn trui en sloegen helemaal niet vriendschappelijk hun armen om mij heen toen ik tussen hen in viel. Ze roken vreemd, en tijdens de worsteling was mijn kijker in het zand gevallen. Ik probeerde vertrouwde gedachten vast te houden, die ze je op de lagere school al leren. 'De aarde is rond... eerst zie je het puntje van de mast... dan het vlaggetje... de mast... het zeil... het hele schip.' Ik voelde hun handen onder mijn kleren en ze riepen: 'Doe niet zo truttig.'

'We gaan haar burgemeester van het wad maken,' zei Ernst.

Michael probeerde zijn hand te leggen op de plaats die ik als meisje 'de schelp' had genoemd. Ik wilde ze het huisje van de tere platschelp niet laten voelen, niemand mocht eraan komen. In de opening van Michaels onderbroek zag ik zijn slijkgapertje, ik wilde er niets mee van doen hebben. Ze werden steeds vrolijker en trokken elkaar speels aan het elastiek van hun onderbroeken. Ernst had net zo'n zeepiertje en ze lachten zich kapot omdat er zand aanzat.

'We zullen hem schoon moeten wassen,' zei Dora. En dat viel me tegen, die damesmaniertjes van haar. 'Het is net een kroketje,' zei ze.

Als kind speelde ik vaak dat ik een worm was die met zijn lange sifo de wereld vanuit het zand in de gaten hield, maar dat lag aan Kurt die zo kon brullen dat ik me ertegen moest beschermen, wilde ik niet doodmoe worden.

Ik was doodmoe. Het besef dat we geen echte vrienden meer waren, maakte me verdrietig. De wapperende kleren aan de stok boven ons leken niet meer op een kindertent, en door ons lichaamsgewicht, bedacht ik, zouden we in de zandbodem levende dieren kunnen dooddrukken.

Ik sprong op, griste de stok weg en waadde ermee tot de eerste ton, waar ik niet tegenop kon klimmen omdat het ijzer te glad was door het zeewier dat zich erop had vastgezet. Ik ging bijna kopje onder, en van de zenuwen begon ik allerlei liedjes door elkaar te zingen: 'Zeg ken jij de mosselman... geeft zijn pappa beer een handje... Kaatje uil is ziek... samen kennen wij de mos...

's ochtends in de vroegte op een klein stationnetje... heen en weer te wippen... hij woont in Scheveningen!'

Er was een wolkenband om de zon gekomen, waarvan ik hoopte dat hij weg zou trekken. Ik probeerde de windrichting te bepalen omdat de wind gedraaid leek van noord naar west. Een slecht voorteken.

Zolang ik zong, stonden ze verbaasd op hun kale eiland naar me te kijken; ze zeiden niet veel. 'Mariska is een danseres... billetjes bloot... heeft een meisje meegenomen, gauw een ander weer gehaald... die komt uit Scheveningen.' Tot Dora naar mij toe zwom en ik plotseling niet meer begreep waarom ik me zo had aangesteld.

Met haar nette stem vroeg ze of ik weer mee terugging naar het eiland. 'Truttigste trut der trutten,' noemden ze me.

Dat er wolken uit de lucht waren komen

zakken, hadden we niet gemerkt. De zee-vlam kwam beslist opzetten. Michael hoopte dat het zeiljacht ons opgemerkt had. De mist kwam zo snel dat de bakens en de tonnen al niet meer te zien waren toen we ons aangekleed hadden. We pelden zwijgend de hardgekookte eieren, stopten ze tussen broodjes en dronken met neerge-slagen ogen thee uit de thermoskan. De laatste zonnestralen werden door regen-druppeltjes gebroken en er was een stukje van een regenboog te zien.

Ik probeerde de stemming er weer in te brengen. 'Daar ergens in zee aan het einde van de regenboog ligt de pot met goud.'

Ze reageerden niet; de opkomende mist had hen angstig gemaakt. Ze waren overge-leverd aan mijn kompas en mijn inzichten; door de kou en mijn hysterische gedrag was hun vertrouwen in mij verdwenen. Ik liep neuriënd voorop, had het gevoel dat ons niets kon overkomen; de mosselman zou ons voor verdwalen behoeden.

'Ik dacht dat ik ook een mast zag, vlak-bij,' riep Dora, die achter in de rij liep en moeite had het tempo bij te houden. Ze klonk hijgerig en liep maar te roepen: 'Niet te snel, ik kan jullie niet bijhouden, wacht nou verdomme op mij... klojo's.'

Er was minder dan vijftig meter zicht, de zeevlam omgaf ons. Meterslange darmwier dreef ons tegemoet; ik zag zeesla en kwast-wies, de brulboeien loeiden onheilspellend. Mijn gevoel voor tijd ging verloren, ik wist niet meer hoe lang we liepen, de stroming van het water leek te draaien. Het wild weg-trekkende water had verschillende wieren losgemaakt en we werden door een com-pleet algengezelschap ingehaald. Ik werd er duizelig van. Het kompas gaf de richting aan. Kurt had me zo vaak de regels laten herhalen van 'hoe te handelen in benarde omstandigheden op het wad', dat ik gewoon geen fout meer kon maken.

'Niet te snel,' riepen ze.

'Je raakt steeds uit het zicht,' zei Michael en hij pakte me bij mijn trui. 'Laat het kompas eens kijken.' Hij keek me peinzend aan en streek volwassen langs zijn kin.

'We zitten goed,' zei ik lijzig. 'Nog even en dan zijn we bij de mosselbanken.'

Ernst en Dora haalden ons in. Ik luisterde naar het knarsen van de schelpen onder hun voeten; we liepen op de zandbanken tussen de vloedstromen. Het zou gevaarlijk zijn het kompas over te geven. Er dreven uien, wieren en schoenen voorbij en ik hoorde Ernst zeggen: 'Net of er een verzopen kerel langsdreef.'

'Daar stikt het hier van.'

'Katja, we zijn het vertrouwen in je kwijt, je bent een kutreisleidster,' fluisterde Dora. Ze schoof haar slipje naar beneden en hurkte tussen ons in om te plassen. De jongens keken er gegeneerd naar.

'De kut in dit gezelschap ben jij toch wel,' snauwde ik en ik liep door. Ik hoorde gevloek achter me, maar ik lette vooral op kleurverandering in het water om diepteverschillen vast te kunnen stellen.

Ik kwam als eerste op het prachtige verlandingsgebied; vanuit de mist, die zich achter me sloot, stapte ik erop. Er groeiden planten die met wortels in de grond vastzaten en niet rondzwierven als de wieren.

De mosselman heeft het me vergeven, heb ik toen gedacht. Ik riep iets naar de anderen die zich nog in de zeevlam bevonden.

Michael brak als eerste door de mist.

'Wat was er nou met je,' wilde hij weten, 'waarom jaag je zo?'

Ik haalde mijn schouders op; het inzicht om uit te leggen wat eraan scheelde ontbrak. Verdrietig schudde ik mijn hoofd.

'Kwaad?' vroeg hij nog. Ik zei dat hij een boerenhufter was.

Ik rol mijn handdoek op, trek mijn broek en T-shirt aan en schud het zand uit mijn haren. Op Duinrell worden de jaloezieën opgetrokken. Langzaam, net zo schuldbewust als na mijn waddentocht, benader ik het huis van Kurt. Met liefde heeft hij mijn levenspad uitgestippeld, net zoals hij dat deed bij onze tochten op zee, zeer nauwkeurig. Dat ik naar de bibliotheek ging om over de zee en het wad te lezen, was uit genegenheid voor hem. Het lag immers in het verlengde van zijn ideeën, zijn avondbezoeken en zijn verhalen?

Tegen mijn vader hoorde ik hem eens zeggen: 'Al ga je hertrouwen, mijn jongen, je dochter heeft geen moeder nodig. Grootouders maken deel uit van een wereld die ten onrechte verdwijnt, en hun kleinkinderen verhoeden dat door er het beste uit over te nemen...' Er was een snelle woordenwisseling uit voortgevloeid, de deur van de studeerkamer werd dicht geknald. Ik bleef bij Kurt, voorgoed, daar viel niet aan te tornen, zelfs door mijn vader niet.

Het vertrouwde geluid van de koperen gong galmt door de gang. Via de tuindeuren durf ik niet naar binnen te lopen, het zou te veel verwarring stichten. Ik bel aan. Een vrouw in een witte schort doet de deur open en achter haar in de gang komt een stokoude Agaath voetje voor voetje aangelopen. Ze kan niet meer spreken.

'Ik wist het, ik wist het, wat zei ik jullie!'
jubelt Marie, en Meta kijkt met blauwe
poppeogen naar me; het ruikt er nog steeds
naar lavendel.

Een kopje inschenken, gedoe met suiker,
het tangetje is zoek, melk uit een zilveren
kannetje en petit-fours op aparte schotel-
tjes. Er is niets veranderd. Atlas draagt de
wereldbol, de maan staat in het laatste
kwartier, de klok gaat zo slaan, het gewicht
hangt halverwege. Er ligt een gevouwen
krant op de leuning van Kurts stoel, zijn sigaren, de tafelaansteker, zijn sloffen, het is
er allemaal.

Was ik als kind in staat om antwoorden
te geven zonder mijn gedachten te onder-
breken, nu zit mijn hoofd zo vol dat ik blij
ben dat de tantes doof zijn. Kurt sprak
nooit zacht, nu schreeuwt hij in mijn
hoofd; er is geen kleindochter geweest die

oceanografie wilde gaan studeren; ze was te bang voor de mosselman, ze loopt op haar tenen en is gehoorzaam om hem niet boos te maken, want hij moet zijn mosselen laten werken zodat wij niet verdrinken...

Ik forceer mijn stembanden om het ze allemaal te vertellen; wat ik doe... hoe mijn dagen eruitzien. Ze zitten er nog steeds als kostschoolmeisjes bij, slaan hun handen ineen of brengen die naar hun mond. Of het begrepen wordt, weet ik niet, ik luister naar het piepen van mijn ademhaling in mijn bronchiën, die zich vertakken in prielen en geulen. Ik ben lucht gaan happen, net als Kurt, die op een vis was gaan lijken.

De middag na mijn waddentocht verliep niet anders dan vele andere middagen. Ik zat in dezelfde stoel als nu een boek te lezen en moest op de ovenklok letten, Meta was appeltaart aan het bakken. Kurt was naar de haven.

's Avonds kwam de kustwacht aan de deur. Toen de zeevlam zich teruggetrokken had, zagen zij zijn ouderwetse jacht op het wad ronddobberen. Het bleek leeg, niemand aan boord. Ik ben de enige die weet waarom hij zo vroeg naar het wad is gezeild.

Door het raam zie ik hoe de dunne bewolking oplost; in de verte kan je het eiland zien. Zachtjes zing ik 'Nooit kwam onze Kurt weerom', en slik lucht, mijn maag is er hard en bol van...

'Ketèh Katja,' zei hij en hij tilde me op zijn schouders, hield mijn enkels vast en ik zijn oren, linkeroor linksaf, rechteroor rechts... Ik, een dwerg op de schouders van een reus.

Boeken van Hermine de Graaf
bij Meulenhoff

Hermine de Graaf
Vijf broden en drie vissen

In *Vijf broden en drie vissen* (1994) wordt op weinig zachtzinnige wijze duidelijk gemaakt dat de oude levensvragen in het moderne bestaan niets aan geldigheid hebben ingeboet. Het komt er voor een ieder opaan een antwoord te vinden op een dolgedraaide wereld, en dan liefst een antwoord met een vleugje poëzie, als dat enigszins kan. Doordat het schijnbaar alledaagse tot aan de grenzen van de normaliteit wordt vervreemd, vormen deze verhalen samen een bundel die op z'n zachtst gezegd tot nadenken stemt.

Meulenhoff Editie

Hermine de Graaf
Alleen de heldere uren

De tweede roman van Hermine de Graaf beschrijft een dag uit het leven van Bastiaan Koevoet, directeur van een ziekenhuis voor geestesgestoorden. Deze eigentijdse Elckerlyc wordt geplaagd door schuldgevoel, door zijn moeder, vrouw en vrienden, en is verblind door geldingsdrang en machtswellust. Hermine de Graaf observeert de verstarring minutieus en geeft haar roman bij tijd en wijle de toon van een venijnige parodie op de mannenmaatschappij.

Meulenhoff Quarto

Vertellingen voor één nacht

Gabriel García Márquez *In ons dorp zijn geen dieven*
Oek de Jong *Lui oog*
Renate Rubinstein *Een man uit Singapore*
Roald Dahl *Madame Rosette*
Mario Vargas Llosa *De jonge honden van Miraflores*
Oliver Sacks *De wereld der onnozelen*
Jan Wolkers *De wet op het kleinbedrijf*
Hermine de Graaf *De zeevlam*